◉詩集

流星雨につつまれて

働 淳

石風社

流星雨につつまれて

目次

流星雨につつまれて

レインボーブリッジ

時層

始まりの場所から

*

流星雨につつまれて

流星雨につつまれて

メイプルソープの写真、Flowersにひかれて
花を描いていると
仕上がるよりも早く
しおれ、散ってしまい
微かに部屋に残る香りは
カサブランカ？　それともトルコキキョウ

町を歩いていて空き地に出会う

それまであった、そこに
何があったのか思い出せないが
変わっていく　町や人

むかしの同人誌仲間の訃報をうける
死は突然の電話だ
自分より二歳若い彼女は
五冊の詩集を出していた
詩を書きはじめて十年ほどに

私は、父の死の吸引力に抵抗する力が欲しくて、詩を書き始めました。そしてそれは、限られた時間の中で自分のための言葉を手に入れる一番手っ取り早い方法だと考えました*。

父の死の吸引力に抵抗して
この十年間、書いていた詩
死と詩の戦い、いや互いに手を取り合い
死と詩の舞踏会が始まっていた
限られた時間の中での
自分のための言葉を手に入れるべく

彼女との最後の会話はふた月前の電話
明日から検査入院だと言い
「そのうち、ゆっくりと手紙を書きますから」と

彼女が亡くなった頃
たった一人の人間をつかまえるため
旱魃のアフガニスタンへ空爆が始まった
詩を愛する民の身体に容赦なく

クラスター爆弾の破片が突き刺さる

彼女が亡くなってひと月後
流星群を見た
夜中に公園のグラウンドの
芝生の上に横になって
絶え間なく降る星を見ていると
だんだん自分の体が浮き上がっていく
星に願いを、というが
流れ星は数千の消えた生命に思えてくる
その流星雨につつまれた時
懐かしい人々にも出会えた

彼女からの手紙は来なかった
微かに残る花の香りは

本棚のなかの五冊の詩集

＊田村夏子（奈津子）『みんなが遠ざかったあとで』（花神社）より

ヒロシマの柳

砂で作られた国旗が美術館の壁面に並んでいる。韓国、北朝鮮、中国、台湾、香港、イギリス、ドイツ、ロシア、アメリカ、日本、ｅｔｃ……。縦横に並んだ砂の国旗の間をプラスチックのパイプで繋ぎ、パイプのなかを蟻が這う。蟻は国旗の中にも巣を作り、さまざまな国旗の色の砂を運び、色が混じり合っている。白地に星条旗の青色が混じる日の丸。太極旗の白地が染みていく北朝鮮旗の赤や青。中国旗の赤と香港旗の青が混じったパイプのなかの紫色の砂。*

子どもの頃、空き瓶に土を入れて集めていた蟻を思い出す。蟬時雨、海、キャベツ畑の紋白蝶の青虫、夕立ちの時の乾いた土の匂い、干潟、国旗の行列、あれは東京オリンピックか、大阪万博か。同じ笑顔の日本人が行進している。明るい繁栄の時代の地の底の闇。蟻たちは蝶を蟬をバラバラに解体して地中の巣へと運んでいく。

美術館を出て、私は坂を下りる。美術館は山の上にあって眼下にビルが並んでいる。わき上がる喧騒。坂を下り終わると大きな川に出た。公園となった川岸を歩くと、遠く水面が黄昏色に輝いている。歩行者だけが渡れる細い橋が見えてくる。古びて懐かしい橋。引きつけられて橋を渡っていると、出前のバイクが入ってきて、ぶつかりそうになった。

渡りおわって名前を見ると、それは「柳橋」。川沿いに並んでいるのは柳の木。風に吹かれ柳の葉が動く。一瞬、川に向かって歩いて行く人影に見えた。

＊広島市現代美術館で二〇〇〇年十二月十七日から二〇〇一年二月十二日まで開催されていた「柳幸典展――あきつしま」の中の作品、〈アント・ファーム・シリーズ〉から。

黄砂とイルカの行方

夕日より朝日が好きになっていく
滅びる身体に対しての反動か

グローバリズムの掛け声で
情報を瞬時に摑まえたようで
大事なのは今日の雨だ

二一世紀最初の一月に降った冷たい雨の朝

砂の雫の跡で覆われている車の
ボンネットをタオルで拭う
それは西日本一帯に春を告げていたはずの黄砂

北朝鮮から中国、中央アジアへと
広がる旱魃が
初夏には太平洋を渡って
アメリカ西部に黄砂を降らせている

衣服と一緒に乾燥機の中で回る心
深夜コンビニに集まった子供たちの
交わすデジタル会話
一リットルのガソリンより高価な
自販機で買う〇・五リットルの水
コンクリートに囲まれた海と川

干される心
潮風に踊る干し蛸のタンゴ
田園の緑に群れる赤トンボ

夏場の山岳地帯を潤していた
山頂で解けた氷雪の水
地球温暖化によってその氷雪が減ってしまい
戦場のアフガニスタンの
数百万の人々に飢餓をもたらす
この冬、百万人の餓死者がでる、ともいう*

二一世紀最初の二月、玄界灘で
西へ向かう一千頭のイルカの大群がいた**
いったいどこへ泳ぎ着くのか

黄色くかすむ地球
そして日の昇る国
その空はいま黄昏れていく

＊二〇〇一年十月に熊本市で行われた「ペシャワール会」の中村哲医師の報告より。
＊＊同年二月七日午前十時四十分ごろ、長崎県壱岐の北約五十キロ海上で目撃される。

グラウンド・ゼロ

砂漠のなかの「塩の湖」
そのモルモン教徒の「約束の土地」で
この冬オリンピックが開催され
日本選手の名前がテレビから響くころ
となりの州では臨界前核実験が行われていた

ソルトレークシティーが州都の
ユタ州で小児ガンや小児白血病が

異常に多く発生、西部劇のスターが
つぎつぎにガンで亡くなったのも
一九五〇年代に頻繁に行われた
砂漠での核実験が原因だという*

砂漠のなかの爆心地
キノコ雲に向かって走って行く
ガンを手にしたアトミック・ソルジャー
敵はソ連でなく放射能によるガンだった

ヒロシマの爆心地（グラウンド・ゼロ）
に置かれていた千羽鶴が燃やされている

二〇〇一年、マンハッタン島
ビル崩壊地の「グラウンド・ゼロ」が

アメリカの流行語大賞になった

心のグラウンド・ゼロに鶴を折る

＊広瀬隆著『ジョン・ウェインはなぜ死んだか』（文春文庫）参照。

一心行の桜

春
桜を見ようと車で
草原のミルクロードを走った
薄緑の外輪山を背景に
黄色く敷きつめた菜の花がひろがり
淡い桜色の山のような
一本の木がそびえていた

大桜は四百年間、人を暮らしを見てきた
桜のまわりはお祭りの人込みとなり
テレビの撮影機材が並んでいる
桜は桃源郷への入口に
桜は酩酊の中での花火

その晩は温泉宿に泊まり
露天風呂につかっていて聞いた話
　阿蘇ん草原もだんだん減ってきよってでしょ
畜産農家が作った半自然の草原やけん
牛肉も輸入自由化やし、牛乳や肉も調整さるるし
もう、牛がすくうーのなってしもて
それに狂牛病とかいうのが追い打ちばかけよってでしょうが
阿蘇の草原も花もこれから変わって
こん景色もあっという間に違うごつなってしまうとです

宿のバスで夜の桜を見にいった
「一心行の大桜」は回りからライトに照らされ
桜全体が大きな提灯のように
闇のなかで金色にぽっかり浮かんでいる
幻想的な明かりの下には
昼よりもたくさんの人ひとひと
桜を見上げて感嘆の声を上げる

瞬間、強い風が吹く
驟雨のように金の花びらが降る
すると回りの菜の花の花びらが
黄色い蝶となってライトに照らされ
いっせいに夜空に舞い上がった
満天の星が遠くとおく離れていく

猫の墓

「猫の墓」と彫ってある墓碑に
水仙の花が手向けられている
水俣病歴史考証館への坂
汚染魚を食った猫が踊り死に
ネズミの大量発生に困った頃
人はまだその発病に気づいてなかった

水俣の猫になった私を思う

時代の毒を食らってもがき踊り
踊り狂って野垂れ死ぬ姿
文学者の役割を
炭坑での危険を身を持って知らせる
カナリアにたとえるように
そういえば、胎児性患者と私は同年代

「猫の墓」に拝む
真っ赤な夕陽が、水俣湾の
ヘドロを埋め立てた運動公園に沈む

太郎くん人形

「太郎くんの背中を、あなたもそっと押してあげてください」
美術館の天井から吊るされたブランコ
乗っている籠の中の抱き人形をそっと押すと
一瞬、顔が笑い、揺れた

ハンセン病に罹ったことによって、子供を持てなかった私を、「太郎」はどんなに慰め、母性本能を満たしてくれたことか。「太郎」は人形だが、私のなかでは完全に子供*

二〇〇三年は「鉄腕アトム」誕生の年
「ＡＩ」のロボットは母の愛を求め、人間になる旅をする
モノに魂を与えるのは
科学でなく人の心なのですね
　太郎、しっかり社会勉強をして、お母さんの許へお帰り＊

＊熊本市現代美術館で開催された「熊本国際美術展　アティチュード二〇〇二」の出品者、遠藤邦子氏による作品紹介文から。

911と119

窓の外に赤トンボの群れが飛ぶ
公園にはコスモスの花が揺れる
部屋の机の上には
裁判調書や罹災者名簿のコピーと
赤字校正されたゲラの山

　実況見分調書
被疑者不詳に対する鉱山保安法違反被疑事件につき

本職は左の通り実況見分をした
　昭和三十八年十一月十二日
福岡鉱山保安監督局
司法警察員としての職務を行う鉱務監督官　　印

積み上げた紙の谷間で校正作業を続けていると
「アメージング・グレース」の歌声が
テレビから流れてきた
ニューヨークのグラウンド・ゼロから
二年目の九月一一日

救助に入った消防士の命が奪われた日は
アメリカの救急電話番号と同じ数字の
９１１
偶然なのか計算されてのことか

崩壊する高層ビルの映像を見たとき
ビルが倒壊し炎上する阪神大震災の街を思い出した

そして、もう一つ思い出した光景は
119
日本の救急電話番号と同じ数字の
一九六三年の一一月九日
この仕事場のすぐ近くで起こった炭塵爆発
炭鉱の労働争議の終息から三年後のこと
大量解雇とともに安全も解雇された
いま、その四〇周年を迎えての資料集を作っている

九・一一の追悼のニュースとともにテレビでは
ブリヂストン栃木工場の火災現場を映す
毎週のように起こる工場火災

大リストラ時代の中で
安全もリストラされた、とキャスターが言う

＊＊――――レインボーブリッジ

川の影

銀色に輝く
ヘリコプターが青空に
流れている黒い川を
わたる
何千何万と続く鳥たちの
川の影は
地を這う人びとの肩や頭を
よぎる

不安は
光のなかへ
吸い込まれる
黒い帯に絡まり
プロペラが止まる
川の影は
何千何万と地を這う人びとの
足を流し
波紋の輪のなかで
瞬間と永遠と
公転と自転の
はざまで
かんじる
夢の冷たさ
懐かしく

泳ぎ
わたる
川の影は

羽化の夏

ドアを開けると
油蟬が落ちていた
コンクリートの地面に
茶色く透き通った
脱け殻となならんで
ふたつのからだが
バラバラに
足や羽根を
運ぶ蟻の列が
草むらへ進む

脱け殻と交尾するように
崩れていく油蟬の遺骸が
塗り替えたペンキの
アパートの階段の下で
時が風とともに
白から青く
紫から紅く
そして薄茶色に枯れた
紫陽花の顔を揺らす
いのちの行方も

ほら　紫陽花の花火が弾けた
去っていった顔が弾けた
さよならも言えずに

大音響が腹の底を揺すった
あなたの余韻が風に流れ消えていく
ビルの屋上から飛び降りた
いってしまった　夏の始めに

七年間の暗闇から
地上に這い上がって
朝日を浴びることなく
砕け落ちた羽化の夏
飛び立つ姿を見せずに
あなたは
風に消えていった

その点景

1

晴海見本市から乗ったバス
グリーンアローズを歌舞伎町で降りる
高層ビルの森に夕日が沈み
嵌め込まれた光のモザイク
靖国通りの信号を渡ると
かっりん、りん！
ポンチが落ちた

鞄の底の穴から、からっ！
次からつぎにビスやクギが落ちていく
穴は段々広がり
バールにノコにナグリにラジェット
酔っ払いに蹴られながら
モザイクの舗道を叩いて演奏を始めるオーケストラ
舗道のジグザグ目地に固まり付いてるチューインガムに
木々のリズムが刻まれる

2

二日酔いでしぼり吐く朝
トイレの窓の網の中に干からびた蜂の遺骸
網の外には青い枇杷の実
葉っぱが切り抜いた青空が眩しい
赤ん坊の声がする

枇杷の実の肌触り

3

キンコンキン
響く鐘の音が森を渡る
木の梢から降りてくる響きが
根に共生する菌根菌に渡る
地の底に住み　木の光を受ける
ハナイグチ、キヌメリガサ、アカモミタケ
酸性雨に耐えて木を森を守り
響き渡る
キンコンキン

4

開きタラがTシャツとなって店頭に吊るされ

スポーツ用品、化粧品、雑貨の店の増えていく
アメ横だから人に押しとばされながら
〈燻製とんび〉*を買う
不忍池のベンチに座って
〈とんび〉の嘴を引き抜いていると
「どお、おにいちゃん仕事あるよ」の声
〈家鴨の歌〉を口ずさむと
池の鴨たちが飛び上がる
青空にひこうきぐも
くものすをはりめぐらして餌食を待つ
池の下の大駐車場計画の夢が消えても
大学から流れ出た放射能が池の水に
〈とんび〉の頭が歪んでいく

＊スルメイカの口の部分を燻製にしたもの

空想のレプリカ

蛇口を捻れば
世界に繋がる

飛びかう電波
きらめく映像

繋がる水が
製氷皿のルーバーに分けられ

固まっていく
オートメーションのカラダから
ブリキの撓む音が波打つ

　イヤだ！
と言えない
言葉の氷を
アイスシェーバーで削り
　スキだ！
と言えない
涙のシロップを
粉々の愛情にかける

　ふたりはハッブル半径

一三〇億光年の
球の中で離れ合う心

生命の共通因子
デオキシリボ核酸の
分子で優雅な螺旋形をなす
四つのヌクレオチド（核酸塩）の
思い違いを捜して旅立つ

夢の海に漂う泡

銀河集合体のシュミレーションの映像には
バブル状の鎖の輪がとぐろを巻いている

オートメーションの

カラダからカラダが
　生まれる

光の粒子となった氷が
溶けて水となって繋がる
世界の味はしょっぱく
夢の海に漂う小舟

生命の鎖の輪が
とぐろを巻いて待っている

だいこんの花

きょう　かがやいている空から
風が運んでくる土と花のかおり
庭のだいこんの花のまわりで鬼ごっこをする
ミツバチたちの羽音が微かにつたわってくる

微かにつたわってくる
流れこむ隣りの庭の洗い槽の水音
天井から降ってくるテレビのＣＭ

街灯の下の子どもたちのささやき

昨年の秋に植えた産直の葉大根が
一メートルを越える背たけに伸び
紙ふぶきのような白い花びらが
鈴なりの顔になって揺れている

微かにつたわってくる
くるまたちのためいき
ふとんたたきのまばたき
かきねのきかいたいそう

こぼれ落ちそうな
チューリップの赤と黄
こぼれ落ちそうな

いっぱいの緑の中の空

でんわ「ペポピポペ　ペポピポペ」
かきね「モッシモシ」
ふとんたたき「ココドコデ」
くるま「ハテサテ　ハ」

だいこんのはなこちゃんはおどろきました
だっていつのまにか
あしがあるではありませんか
はなこちゃんはじゅわきをおくと
かきねをとびこえ
ふとんたたきをふりまわし
くるまにのって
たびにでたのでした

レインボーブリッジ

朝からぼくらは
ナグリとバール
ガチ袋を腰に下げ
沿岸の空き地の仮設テントで
受付から式場へカーペットを
地面にコンクリート釘で
止めていた
カメラを抱えた人や

輝くような服装の人が
ぼくらの頭の上を過ぎ
東京湾連絡橋の連結式や
橋の名称発表会の式場へ
いそぐ

ヘリコプターが四機、五機
橋を中心にハタハタまわり
橋の中央でやってる連結式の
終わりを待って
ぼくらは
写ルンです、で写真とる
橋の上の柱のそばで
並んだぼくらの影の中を
ヘリコプターが通り抜け

アスファルト舗装する前
コンクリートの地面には
連結部分でボルトが突き出た
下に
ビルの高波が押し寄せる
海
豪華客船の泊まる晴海ターミナルビル
白い尾を広げて隅田川を上る水上バス
ビルの波から頭を擡げる赤い東京タワー
白砂の都市に浮かぶ蜃気楼の小さな富士
旅客機の音が青空を切り裂き
裂けた空をハタハタとヘリが繕う
お台場の埋立地には釣堀のように
クレーンの竿犇めくオーケストラ
ハタハタと音がまわる

青空の下の東京がまわる

ぼくらは待つ
連結式の終わりを
輝く服装の人が
橋の中央に
金のスパナで金のボルトを
締めている　金は
メッキ
輝く服の下に
泡で膨らませた彫像が
左手でスパナをまわし
右手で名刺をさし出す

彼らはどこへ行っただろう

いま
どこかの現場で
危険にさらされ
汗を流してるだろうか
いま
どこかの街角で
仕事にあぶれて
酒に酔ってるだろうか
いまどこかの公園で
仕事や日本の情報を
みんなで交わしてるだろうか
地方から海外から
この橋で汗してる
たくさんの民族は

連結式は終わった
ヘリコプターは消えた
ぼくらはカーペットを剥いで
看板をステージをバラす
金メッキの男たちは
仮設エレベーターで橋を降り
橋の名称発表会のテントへ移る
太陽が西に傾いたころ
ぼくらは残材をトラックに山積みし終え
カタカタ歯車をまわして
仮設エレベーターで地上に降りる
つぎは名称発表会のバラシへ

鳥が空を飛ぶ
そして海には魚

都市には廃墟

夕刊の一面に橋のカラー写真
上空から写されたその橋の中央に
白い点が集まっている
白はヘルメット
ヘルメットは橋の柱のそばにも
散らばっている
擦れば消える小麦粉のひと粒ほどの
小さな点のひとつが
ぼくのヘルメット

東京フロンティア

　張りぼてのビルがヒョロヒョロとどこまでも空に向かって立ち上がっていく。下から半分はガラスが嵌め込まれて、日の光を反射している。その上は剥き出しの鉄骨の骨ぐみ。てっぺんでは幾本ものクレーンが釣り糸を垂らして獲物をつり上げている。仕事に行く先先で生まれていく都市の光景。木々が伸びていくように、空へ、天へと都市は成長する。街は日々、変わっていく。

電車に揺られていく仕事現場の東京湾沿岸。千葉の幕張、横浜のみなとみらい21、東京の晴海、お台場。何もなかった広大な埋め立て地が、二・三年でビルの森になっている。そこで展示会場の設営や舞台を作るのが私の仕事。毎日、作っては壊し、また作る。なるべく簡単に壊せるよう、作るときは釘を最小限にする。すぐに抜けるように釘の頭も出す。材料も小割りとベニヤに経師紙を貼って、なるべく軽く華奢にする。終われば膨大な材木の山を積んだトラックが列を作って運び出していく。海をゴミで埋め、熱帯雨林は砂漠となる。

ファッションが変わるように、次々にイベントも変わっていく。ものが変わり、人が変わり、会社が変わり、金が変わり、すべて消費されていく。イベント会場と同じように回りの街も作っては壊し、また作られる。もう壊すことを考えながら。転換する舞台のように。

そんな劇場の都市に人は呼び寄せられてくる。観客としてではなく、役者として。ディズニーランドに参加するように。一日のなかで様々な役を演じて、毎日が過ぎて行く。父親の役、大工の役、詩人の役、お隣さんの役、通行人の役、野次馬の役……。

昨年話題になった日本映画の「息子」や「アジアンビート　アイ・ラブ・ニッポン」でも地方または外国から東京へやってくる人々が演じられる。「息子」の父親がやっていた出稼ぎ3K仕事を「アジアンビート」が引き継ぐ。どちらの映画からも東京に未来がないことが分かる。世界都市博覧会「東京フロンティア」が一九九六年に行われる、という。消費の快楽の中で、都市は消滅する。

＊＊＊

時層

消える町

秋の日の午後三時
黄金色の潮風が吹く
炭鉱電車の鉄橋を潜って
港に向かって自転車をこぐ
古い映画のひとコマのような

恐竜の首のクレーンが並んで突き出ている
閘門式水門の港内で海面に逆さに映る

ジェットコースターばりの
ベルトコンベアー
箱を積み上げた
赤茶けた工場
球形のタンク
毛細血管の
パイプ
赤白
縞模様と
四つ足の
煙突が吐く
版画インク
の臭いが体に
プリントされる

チャイムが鳴る
四五八人の死者から
三十年
十一月九日午後三時十二分
慰霊の日

釣り糸の垂れる岸壁を蟹が這上る
有明海を越えた普賢岳に煙が上る
青空の海の中に海鳥が白く浮かび
岸壁の割れた穴の中に蟹が下りる

炭塵爆発
の翌年
僕ら家族は
この街に来た

酒や煙草を
炭鉱住宅の
板壁の棟割長屋の
友人の部屋で覚えて

ギターやベースを弾きながら
異性の話や喧嘩やロックや
潮風に心地よかった
あの頃を思い出し

自転車をこぐ
ハンドルを
あの炭住
新港町

に向けて

貨物船から
荷が降ろされる
追い抜くダンプの
風に炭塵が舞い上がる
ハングル文字の朱色の
コンテナが積まれる中を
口笛を吹いてペダルを踏む

懐かしい町の入口をはいると
記憶の前にブルドーザーが
立ちはだかる

セピア色の棟割長屋は

真っ黒な円錐形の山
山は縹緲と続きあの
風呂屋の煙突も
防火水槽も
かき氷屋
垣根に
床屋
木製の
ブランコ
子供たちの
泳いでいた池
その声は風に消え
後にブルドーザーが
石炭を山と積み

僕の心は風化する
　　そこはいま
　　　貯炭場
　　　　石炭は
　　　　　石油から
　　　　　　プルトニウムへ
　　　　　　　一九九四年春
高速増殖炉原型炉
　　　　　もんじゅ
　　　が臨界する
　　　　煙突の煙
　　　　　は流れ

傾く
空は
高い

次に
消える
町は

無人の観覧車

――父の病室にて

誰も乗っていないゴンドラが
止まっている程にゆっくりと
延命公園の森から
空を昇り
弧を描いてまた
森の中へ下りていく

肝臓のツボだと聞く父の脛を揉み

六階の病室からその
虹色の観覧車を眺め

嬉々とした浮遊感と
頂点を過ぎた落胆の
子どもの日を思い出す

今晩がヤマですね
と何度伝えられただろう
ピッピッ
と機械に繋がれたからだには
その言葉は
伝わらない

この四人部屋では

一昨日に
斜め向かいの

そして昨日は
歌うような鼾をかいていたとなりの
いのち
に頭からすっぽり
白い毛布が被され
運ばれていった

今日は
ベッドに手足を縛られた
新しい隣人が
工場の製品のように
運ばれて来て

また運ばれて行く　からだ

すみわたる空と海の
碧い風景に一瞬　白く
光る　水しぶきとなる
映像が　病室の壁の
四つのテレビ画面に浮かぶ
いつの間にか
ぼくらは核実験に囲まれている

ハルマゲドンは　やって来るのだろうか
「土から生まれた肉体は
またいっせいに土にかえるのです」
と叫びながら舞踏家が
円形舞台で踊っていた

肝臓ガンの手術から三年目
腹水や黄疸に肝性脳症、糖尿病
食道静脈瘤破裂と病状が悪化し
　もう駄目なんやろ
と問う父は　病気に堪える事の方が苦しげで
　あと二年でいま描いてる絵もまとまるんやけど
と涙する

平日に見る観覧車は
人のいない火の見櫓
無人である観覧者に
人々は傲慢となり
一瞬の花火に
消えていく

この半年間に描いた油絵を
病室に持ち込み　サインを入れ
死へ準備をする父
限られた自分の未来の
海図を見る

時層

テーマパークが消えた
トンネルの水槽を泳いでいた水族館の魚たち
植物園の色とりどりの蝶や草花
唸りをあげて動いていたアトラクションの乗物も
それぞれに行き先が決まって運ばれ
廃墟となった建物があとに残っている

百年以上続いた炭鉱が閉山した
その後の町の活性化のためと作られた
地球博物遊園地　ネイブルランド*
九州のへそ（ネイブル）は
開園から三年半で無くなった

小学生のころ
この廃墟の場所は海だった
黒い砂浜に囲まれた海
その中に赤い大きな魚が泳いでいて
学校から帰ると魚を釣りに集まった

海は堤防で囲まれて池となり
池は掘り出されたボタで埋められ
だんだん小さくなって消えてしまった

見渡す限りの黒い砂漠を
山を削った土で覆い
その荒地にも草が

囚人労働も　強制連行も
労働争議も　炭塵爆発も
ＣＯ中毒も
時の地層のなかに埋め込まれてしまう

大きな赤い魚はどこへ行ったのか

飛び跳ねた
クジラが地面に潜っている
テーマパークの入口
ビール工場の予定地だった

草茂る荒地の
轍の水たまりの上を
赤トンボが飛ぶ
ボンヘボン（盆蜻蛉）
入気坑を経て坑道に迷い込んだ
海の底を漂うトンボたち

風の笑いが聞こえる
低く地を這う
呪文のような響き

遠く工場地帯から
風に　舞い
ラジオ体操のリズムが
狂い　踊る

炭鉱節の音頭の果て
弾けた泡（バブル）のように
テーマパークは消え
失業の街を人々は彷徨う

消えたテーマパーク
ぼくらに必要なテーマは

時の地層の中に
あらたな鉱脈が

Born Heaven
有明海の干潟の下
坑道の迷路を彷徨っている
蜻蛉たち

＊テーマパーク「ネイブルランド」は、一九九五年七月に民間企業と地方自治体との第三セクターによってオープンしたが、一九九八年十二月に約六三億円の負債を抱えて経営破綻で閉園する。負債のうちの約三九億円を大牟田市が負担することになる。

袋豆腐

叫んでいる虎の顔に見えた
一酸化炭素（ＣＯ）中毒患者を撮影した
ＭＲＩの映像の
その縮んだ脳に刻まれた
深い皺の影

はじけた石榴の
魚の口から飛び出す

ダリの絵の中の虎のような
一瞬の夢のなかの長い物語
一瞬の爆発で変わったその人生

原田正純氏の「三川坑炭塵爆発でのCO中毒患者の人々からの問いかけ」と「三池と水俣」を大牟田市労働福祉会館でそれぞれ聴講する。

歴史の証言者も参加。

そこで見たスライド。

爆発当時、後遺症は無いといわれていた
CO中毒は四〇年近くを経ても
記憶が蝕まれ、視野が狭まって
時間も場所もわからぬ
過去の記憶の中に

炭坑の閉山を前に廃止となったＣＯ協定
炭塵爆発はいまだ終わらず
裁判で初めて爆発が会社側の責任とされたのも
三〇年を経た一九九三年のこと

氾濫する情報が事件のけばだちを削り
そのなめらかな表面に滑り落ちて
非加熱製剤や臨界事故と
過ちが何度も繰り返されている

刹那に生きる僕らの脳は今
過去を消し叫びを忘れ
薄いビニールに包まれた
袋豆腐のようにつるつると

強く摑めば潰れてしまいそうで
煮立った味噌汁の鍋へと落下する

見えぬ敵への苛立ちを
〈ファイト・クラブ〉の暴力で満たすのか
虎の叫びが聞こえるか

廃坑的身体

公園に子どもはいない
砂にまみれて
落ちている
朝の
婦人用下着
公園の入口にあった
破れていた暗幕は
黒いワンピース

暗転のあとの舞台に
忘れ残された小道具のように
昼にあらわれた夜の暴力
消えた身体

キャップランプの世界から
地上へ出た男たちの
廃坑の街に子どもの
白昼のせっとう
いんこう、えんこう
ぼうこう、はいこう
行き場のない肉体に
親たちの噂が膨張し
情報化身体が笑い踊る

大蛇の首を飾った
夜の駅前に
塾帰りの子どもたちが
奇声を上げて跳ね回り
親の車を待つ
身体の暗闇に
爆音を上げて
深夜へ疾走する
バイクの群れの
ＲＤＦ発電の街に
押し寄せるゴミ

電脳と身体の遊離に
五味うすれた人生と
消費される身体

マトリックス　トリック
もう癒せない
ゴミの身体が
足音をたてて迫ってくる

そして私の身体も

工場からの異臭が鼻をさす
公園に子どもはいない

千里眼

父の納骨から三年
墓参りに行く
土蔵と白壁の
不知火町松合

松合郷土資料館の
父のコーナーの隣に
千里眼千鶴子の新聞記事が

張られていた*

明治の熊本にいた超能力者
松合出身の御船千鶴子

千里先ではなく
壺や缶の中の
物や文字を見通す
千里眼

壺の中の字ピタリ
万田坑発見にもひと役

「も少し南に真っ黒の大きな塊りが見える。
なんだかわからない」

地の底までも見通して
三池炭鉱の南端の
万田坑を見つけた
千鶴子
東京神田区淡路町の関根旅館にて
十三人の博士が集まって実験を行い
錫の茶壺のなかの「道鏡天」の文字を
十分二十一秒で透視する

暗闇の中の詩のように
頭に浮かぶ文字や映像

透視力衰え命絶つ
欲からみ悲劇の半生

長尾イク子との超能力競争にやぶれ
千鶴子は二十六歳で服毒自殺
ホラー小説「リング」の
山村貞子の母
志津子みたいな

父の育った白壁の廃屋をさがし出し
お参りをした山の中腹の墓地は
眼下に港町松合の瓦屋根と
不知火海が見渡せ
すぐ上に千鶴子の墓があった
八朔の日の大潮の海に浮かぶ
不知火の灯は
ここからも見えるだろうか

松合に行った五日後の九月二四日
台湾の大地震と思って見ていた
テレビ画面の中の壊れた家が
高潮に呑まれた松合だった
あの墓地から眺めた町並みは
海沿いの部分がえぐりとられ
十二名の命を奪っていた
大事な時は電話も使えない

千鶴子がいれば予知していただろうか
この星の未来さえも

＊「熊本日日新聞」一九七五年一〇月六日の記事参照。また光岡明氏の直木賞受賞第一作「不知火の女」もある。

海鳴り

幟をたてた二〇〇隻の漁船が
海を渡って諫早湾干拓の堤防
排水門前に集まる
二一世紀最初の正月
石牟礼道子の『アニマの鳥』を読みながら
そのニュースを見ていて
鳥の飛びたつように
原城へと集まっていった天草・島原の乱の

船の列と重なっていく

あれは炭鉱が閉山した二週間あと
同じ有明海の対岸
国営諫早湾干拓事業で
積木くずしのようにギロチンが落ちていった
その潮受け堤防へ半年後に行ってみる
ひび割れた干潟は
死んだ貝の殻で埋めつくされ
干拓地のなかの水族館の
日本最大なる円形「干潟水槽」で
ムツゴロウが潟をころがり
シオマネキがハサミを振る
桶を押して干潟を進む等身大の動く人形が
作り物のムツゴロウを釣っている

そういえば炭鉱の資料館でも炭坑夫の人形が
石炭を掘っていたりして

それから四年
四季のめぐりとともに
有明海全体から徐々に生き物が消え
柳川の漁師は福岡ドームそばまでアサリ獲りに行き
養殖ノリも色おちして収穫が激減
——もうどげんして食うてけばよかか
——ほんなごてアサリもなーんもおらんです
——じょうだんのごつですたい

この夏
海の再生をねがって
干潟にアサリの稚貝や砂をまき

土のなかに空気を入れるべく
トラクターが干拓地でなく干潟を耕し
漁民が並んでクワを振りおろしていた
——ばちがあたらんよう
　海がおこらんよう
　やさしくしていかな

秋、干潟は一面
ノリの竿で針の海となる
その鉄パイプを運ぶたくさんの船のエンジン音が
重なりあって海鳴りのように響く
農水省ではノリ不作の原因を
——異常な気象や水温などの海況が主因
と異常気象による天災を指摘

生命の海が死ぬ
沿岸に住む僕らに
海鳴りが聞える
せまる大波に方舟をつくる

＊＊＊＊――――――――始まりの場所から

煙突のある風景

——始まりの場所から詩へ

母のお腹のなかで火事を見たとか、生まれ落ちたときに盥の縁が金色に輝いていたのを覚えているとか、人によってはすごい記憶が記されているが、私の最初の記憶は親戚の叔父さんの家でおむつを替えてもらっている場面だった。その自分を、空中をさまよっているもう一人の自分が見ている。干し椎茸の香り漂う座卓の上の、がめ煮や茶碗蒸しなどの食事と魚の形をした箸置き、縁側から射し込む光と庭を囲む石垣、そして玄関へと下ってくる坂道。おむつが終わるとカメラを向けられ、恐怖で私は泣きだしている。宙を飛んで、それを見ている私。

「よう覚えとーね、やっと歩きだした頃やろね」と小学生の頃にその話をすると母はいう。

叔父さんの家に行ったのは、その時だけ。それは覚えていたと言うより、叔父さんの家の庭が背景になった写真を見て、ハッと蘇り、そのあと見た夢で細かな部分まで思い出したのだった。夢によって記憶は、より鮮明に再現されるのだと、その時思った。しかし、その再現には自分の抑圧や願望が投影されていて、現実との「ズレ」が起こっているようである。何度も同じ出来事を夢で体験しながら、少しずつズレていく。

幼児期に私が住んでいた町には、遠くに赤い大きな橋が見え、ちょっとお出かけをするとお城があった。町には潮の香が漂い、お城の下で家族で雪合戦をした。近くに大小いろんな川があって、岸辺の石垣の隙間から出てくる蟹を見ているのが私は好きだった。つい蟹を取ろうと手を伸ばしたら頭から落ちてしまった。近くを歩いていた男の人たちが川に飛び込んでいるのが見えた。私は抱き上げられた。

家は長屋で三軒繋がっていた。台所の土間の隣との間には共同の井戸があって、釣瓶を落とす時、一緒に落ちそうで怖かった。家の前には空き地があって、子どもたちにとっては公園としての遊び場であり、日暮れ時には母親たちが立ち話しをする社交場、そして私の父はその片隅に数字を描いた大きなごみ箱のような、または祭壇にも見える作りものを、芸術と称して置いていた。中には破けた新聞紙や週刊誌、煙草の吸殻や汚れた綿、砕けた湯たんぽなど、本当にゴミみたいなものが入っていた。父の仕事は映画のスライド広告の図案描きで、家の隅で黙々と机に向かって筆を走らせている。仕上がると私がその鉛筆の当たりに沿って鋏で回りを切り落とし、全部完成すると袋に入れて父は出ていき、朝まで帰ってこないこともあった。母は近くのキャバレー「月世界」の事務をやっていたようで、姉と二人でテレビを見ながら留守番をしていると「月世界」のコマーシャルが始まって「あっ、これこれ。お母さんどこにおるんやろうね」と言いながら、白黒画面の中に母の姿を探した。夜に輝くネオンサインの建物や、きらびやかな衣装のお姉さんたちが踊っている。まさかあれが母ではあるまいと姉と言い合った。

「今日、テレビにお父さんが出るってよ」と母がいう。夜、眠いのを我慢して二人でテレビの前に待つ。ミイラのように全身包帯を巻いた男が椅子に座ったり、机の上に倒れたりしてもがいている映像が出る。お化けのようで怖い。「これが、お父さんやろかねえ」と母。その後、家には包帯の詰まった紙袋が山と積まれていた。

　引っ越すことになった。母と姉と三人で電車に乗った。乗ると直ぐに工場の中を走った。高い壁が見えた。壁の上には円筒や四角の茶色い建物がパイプでぐるぐる巻きで並んでいた。建物の間からは空いっぱいに煙突が伸びていて、煙で空が見えなかった。やっと工場を過ぎると田んぼが見えた。見渡すかぎり田んぼが広がり、その田園風景がずっと続いて退屈で、あとは眠ってしまった。

起こされて電車を降りると父もいてラーメンを食べた。豚骨のこってりとした白い汁だった。がらんと広がる二階建ての板張りの部屋に布団をひいて、新しい町での生活が始まった。部屋では昼間は子どもたちのお絵描きが行われ、足の踏み場のないほどに画板が並べられ、みんな夢中で画用紙に絵筆を走らせていた。その部屋の片隅につり下げたカーテンの中で僕らは暮らした。夕方になると大人たちが集まって来て酒を呑み、テーブルを囲んでケンカしているような叫びを上げながら話がわき上がっていた。部屋は煙でかすみ、灰皿には吸殻が積み上げられていた。「こいつはのんべになるばい」と言われながら、私は大人たちのあいだをビールの泡を呑ませてもらいながら歩く。男たちは髪を背中まで伸ばしたり、顔中髭だらけだったりで、彼らの間にはちらほらとジーンズ姿の女性もいた。何人かは朝までいて、冷蔵庫の中の私たちの分まで食べていて「いっつも、全部なくなってしもとうったい」と母がぼやいていた。そんなわけで「ご飯にふりかけ」が私たちの毎度の食卓。その頃「丸美屋のエイトマンふりかけ」というのが流行っていて、それで私は満足していた。

引っ越して来たこの町でも空に向かって沢山の煙突が伸びている。家の近くには一本五円の焼鳥屋があって父親にたまに連れていってもらった。作業着姿の大きな男たちが、声を張り上げて酒を呑んでいた。客同士の喧嘩も当たり前のように起き、店の主人が力づくで追い出していた。

数カ月がたち、夜中に母に起こされた。私はウサギの柄のタオルケットだけ持って姉と一緒にタクシーに乗った。着いた家は久しぶりの畳の部屋でぐっすりと眠れた。家族三人、四畳半と六畳の二間での暮らし。部屋には何もなく米びつをテーブルがわりにしての食事。そのうち父が来るようになるが、今度は母の方が盲腸や結核や気管支炎などで病院にいることが多くなった。私の方は年長クラスから幼稚園に通うことになる。街で見かけた幼稚園バスに乗りたいと駄々をこねたからで、バプテスト系の幼稚園で土曜日には教会でお祈りをした。午後には堤防のそばの空き地で紙芝居を見たり、小学生について遊んだりした。土手を上った堤防の、そのコンクリートの壁をよじ登ると下に海が見えた。海は黒い砂で囲まれていて、沖のほうにも堤防があった。海は日に日に小さくなっていった。

校庭に土俵のある駅前の小学校に入学した。授業中、教壇に立たされ、先生に「栄養失調だ」と言われた。それからはドンブリでご飯を食べるようにした。校庭の砂場を三〇センチほど掘ると水が湧き出てきた。堤防の水面より下に砂場はあった。入学して一年で転校し、二度学校を替わって四年生からはまた最初の板張りの家に戻った。今度は二階の教室だったところが壁で仕切られて四つの部屋になり、家族一人ひとりの部屋になった。スポ根マンガが盛んな頃で放課後は学校や近くの天領病院のグラウンドで野球をしたり、延命公園の体育館で卓球をやったりした。同級生とマンガを描きあって綴じた雑誌をクラスで回し読みしたりもした。

父のアトリエの壁には「われらに血ぬられた風俗を！　反万博九州実行団万博破壊九州大会」なるポスターが貼られていて、毎晩裁判を録音したテープの声が部屋に響いていた。知り合いの画家が柳川市の高校で行われたデモで、ワイセツ罪で逮捕されたという。数人で裸でデモをしていたそうだが、その時持っていた性器を描いた筵旗が問題になったのだそうな。父が裁判でその弁護をするとかで、「どげん言うか、研究しよっとたい」とのこと。ガリ版でその裁判支援のビラや通信を刷っていたが、カットにも男女の性器を模した絵が使われていた。

中学になると三井のアパートや炭坑住宅の長屋の友達の家で遊ぶ。アパートの子の父親はダイナマイトの管理をしていると言っていたが、昼間会うと酔って赤い顔をして、ベランダから空気銃を発射し、町を歩く犬や猫を狙っていた。当たると「よし、見てこい」といって、息子を猟犬のように走らせた。その友人の話では近所のおばさんも狙って弾を当てたことがあるという。工場地帯を抜けた海沿いの炭住の友は夜は親が仕事でいないので時々泊まりに行った。夜に海に出ると沿岸のテトラポッドに凭れ、ギターを弾きながら月の映る有明海を眺めた。海には船の灯が動く。対岸の島原の町の灯も見え、幻想的な光景だった。学校の体罰は日常茶飯事で、その炭住の友は職員室で先生たちに囲まれて殴られ、鼓膜が破れて耳の聞こえが悪かった。中学校の文化祭ではそのころ流行っていたフォークやストーンズ、ビートルズなどのロックをコピーしたバンドの演奏が盛んだった。生徒会では市の歓楽街の中心を流れる大牟田川の水を汲んできた水槽に、鯉を放つ実験をしていた。鯉は水槽の中でもがき暴れながら、一〇分程で水面に横に浮かんで死んでしまった。当時、大牟田川の水は茶色く濁っていて、思わず顔をしかめる汚臭が漂っていた。水面に浮かぶ油は七色の輝きをしていて、テレビで日本一汚れている川だと紹介されていた。

高校になると商店街のデパートの屋上から今度は霧にかすんだ町並みが報道されていた。霧はスモッグで、日本で一番大気が汚れているのだと、測定していた。デパートの下の街角ではジュラルミンの楯を持った警官が商店街を囲むようにして立っていた。近くの暴力団の事務所で発砲事件が頻発。高校の同級生の家にも夕飯時に窓を破って弾が飛んできたそうだが、自分もアーケードを歩いていると救急車が傍に止まり、路地の居酒屋から下半身血だらけの男が担架で運び出されていた。「やろーっ、どこだ！」と叫んでいる。野次馬の話では喧嘩になって、脚を刺されたか、撃たれたかしたという。

通っていた高校は市の北部の山の中腹にあり、教室の窓から市内が一望できた。街の西に広がる海を越えてラクダのコブのような雲仙岳が見える。雲仙から北へ山の稜線は下がって海と接したところが諫早湾、そしてまた稜線は上って五家原岳、多良岳と続く。有明海を赤く染め、その稜線に沈む夕日の光景が好きで、放課後に校舎の屋上に上って何度もスケッチをした。剣道部と美術部に掛け持ちで入って、家に帰るのは八時や九時になっていた。

市民会館を会場とした高校の予餞会の時には劇をやるので、近くの友だちの家にクラスで集まって、連日夜中まで懸かって大道具を作った。リヤカーを借りてきて近所のお店を回って段ボール箱を集めてくる。それを切ったり貼ったりして色を塗り、部屋が段ボールの作り物で埋まってしまう。その友人の家は炭鉱住宅のような長屋だが隣は誰も住んでなく、彼の母親も再婚してすぐ傍の別の家に住んでいた。六畳二間と台所の付いた部屋は僕

らの合宿所のようだった。そのうち彼の家に泊まり、夜中に炬燵に横になって、知っている「こわい話」を出し合っていると、

「三川の炭鉱の爆発ば知っとんね」と彼はいう。爆発は僕らが三歳ぐらいのことだ。

「うちん親父さんはね。そん炭鉱の爆発で死んだごつ言うとるとばってんね」

爆発の噴煙の上がっている影像を思い出す。ずい分、たくさんの人が死んだのは聞いている。

「本当はね。首ば吊って自殺せらしたとやんね」

彼は天井を見ている。

「そこのところに紐ば吊るさして」

と言って、二つの部屋を仕切る襖の上の梁を指さしていた。見るとそこに一瞬、誰かがぶら下がっているようだった。ハッとした。そのあと彼は何も語らない。私やもう一人いた友人も何も言えず、そのまま薄暗がりのなかで目を閉じた。それは本当の話なのか、彼の作った「こわい話」なのか、本当の話だとしたらなぜ彼の父は自殺したのか、何も分からない。

そのころわが家では毎日のように酒盛りが行われており、叫びを上げて夜中まで大人た

ちが呑んでいた。そのうち赤色や黄色や黒色のテント小屋の劇団が大牟田市などでそれぞれ公演を行うことになった。その中の黒色のテントの劇団のスタッフがわが家に泊まりに来た。公演日を挟んで三・四日間ほど三十人ぐらいが、一階のお絵かき教室の板張りで自炊していた。朝、私はまだ寝ている役者さんたちを踏まないように気をつけて歩きながら学校へと通った。劇は「阿部定の犬」という題名で、ストーリーは良く判らなかったが、役者が客席のなかを走ったり、天井のロープに吊るされて歌いながら登場したり、舞台でプロレスのようにもみ合ったりして、なんともサーカスを見るような楽しさがあった。最後には舞台の背景が開いて会場に使っている公園の夜の闇の中から松明を持った役者全員が、歌いながら客席へと迫ってきた。この公害と暴力と酔っぱらいの街で、彼らから新鮮な風を感じた。その後、もっと過激なパフォーマンスの黄色テントや、ＮＨＫの大河ドラマや日本昔話に出演中の役者たちの赤色のテントも見にいった。だんだん病み付きになって舞踏にも行った。ダンスの途中で高くジャンプし、顔から落ちたその瞬間のダンサーの視線と目が合い、自分の背筋に電気が走った。ピンクフロイドの「狂気」の叫びをバックに首の骨がボキッといいながら、彼の目や口は笑っている。体や脚はまだ宙で、顔の上にある。私はその舞踏家、笠井叡のその一瞬の眼差しに惹かれて、今の世界とは違うところへ行きたいと思うようになった。そして卒業して東京へ出た。

東京にいてその場所のことは忘れたいと思っていた。企業城下町の抑圧感、日常茶飯事の暴力、公害の汚れた川や空気、大人たちの投げやりな姿。

三年ほどがたち、水道橋のガード下のポスターを見て、思い立って日本文学学校へ通い始めた。それまでほとんど詩を書いたことも無かったし、まとまった文章なんて小学校の作文以来初めて。せいぜい日記を中学頃から書き続けているぐらい。詩人菅原克巳の「一日一篇の詩を書くように」との宿題で詩らしきものを書きだす。そのうちルポライター鎌田慧の講義を聞くので、著書の『死に絶えた風景』や『去るも地獄　残るも地獄』を読んだ。そこには自分の生まれた北九州市、そして育った大牟田市のことが書かれていた。川を下って見た関門海峡の海、叔父さんの家の傍の八幡の工場地帯、若戸大橋の下に広がっていた洞海湾、そんな幼児期に見た風景の中で働く大人たちの生活が書かれた『死に絶えた風景』。『去るも地獄　残るも地獄』の舞台の大牟田市の三池炭鉱では、ちょうど自分の生まれた頃に労働争議が盛り上がっており、私たちが引っ越して来たのが四五八人の死者を出した炭塵爆発の次の年。小学生の時に草野球をやっていた天領病院のグラウンドでは、自分らの父親ぐらいの人たちが、家族に付き添われ大きく体を揺すって病院へ歩き、ときどき僕らのプレーを見ていた。そのころ天領病院には一酸化炭素中毒の患者さんがたくさん入院、通院していたのが分かる。そこは自分の毎日の通学路でもある。本のなかに出てくる労働争議のホッパーや三池炭鉱の事務所、炭塵爆発の三川坑、与論島からの移住者の住む新港町社宅などはみんな、自分の通っていた小学校、中学校の校区の中にある。活字によって立ち上がってくる子どもの頃から見慣れ、遊んでいた風景。その歴史。さまざまな出来事が、この『去るも地獄　残るも地獄』を読んでいて繋がっていく。死に絶えた風景のなかで生まれ、〈去るも地獄　残るも地獄〉の地で育ってきたのだ。

そんな、下調べをしてのぞんだ文学学校での鎌田氏の講義は「チェーホフの『犬を連れた奥さん』を読む」というものだった。

「木々の葉はそよりともせず、朝蟬が鳴いていて、遙か下の方から聞こえてくる海の単調な鈍いざわめきが、われわれ人間の行く手に待ち受けている安息、永遠の眠りを物語るのだった。遙か下のそのざわめきは、まだここにヤールタもオレアンダも無かった昔にも鳴り、今も鳴り、そしてわれわれの亡い後にも、やはり同じく無関心な鈍いざわめきを続けるのであろう。そしてこの今も昔も変わらぬ響、われわれ誰彼の生き死には何の関心もないような響の中に、ひょっとしたらわれわれの永遠の救いのしるし、地上の生活の絶え間ない推移のしるし、完成への不断の歩みのしるしが、ひそみ隠れているのかも知れない。
――」（神西清訳）

黒海に臨む風光明媚な保養地ヤールタで出会った、犬を連れた奥さんと妻子ある主人公のグーロフ。教会のそばのベンチに座って二人は海を眺めながら思いに耽る。そんな一節から鎌田氏のルポルタージュの手法が展開されていった。取材の地で出会った人との会話から、過去の事件や出来事、そして時代や社会と関連したその風景での歴史。そこから物語が立ち上がってくる。ある場所のある時間を起点として、時間を縦軸に、空間を横軸にして浮かび上がってくる世界。そんなルポルタージュ的な表現で自分も作品が書けないものかと思っていた。

親の病気で一五年ぶりに大牟田へ戻ってみると、街の姿は大きく変わっていた。そしてまた暮らしはじめて八年。その間に親や知人が次々と亡くなり、有明海の対岸に見える島原では雲仙噴火による平成新山の出現、諫早湾の干拓、炭鉱の閉山、農地には新しい住居が次々に建ち、中心街や炭鉱住宅は広大な空き地となって行く。干潟の干拓地には八幡製鉄所の高炉の技術を使ったRDF発電なるゴミ発電所が計画され、昔の公害の川からは膨大な量のダイオキシンが再び流出している。時代の大きな動きが見える。「富国強兵」「殖産興業」のスローガンのもと近代化を目指した日本が、日清戦争による清国からの賠償金によって兵器用鋼材を生産するために作られた北九州の官営八幡製鉄所開業から百年。そしてそれら工場を動かすエネルギーの石炭を掘り出していた日本最大の炭鉱、三池炭鉱官営化から一二四年をへた一九九七年の閉山。世紀末と共にその近代の終焉の風景を見る。松原の続く風光明媚だった海辺の風景は、永遠に続くものではなく、この百年ちょっとで激変した。

二一世紀に行く前に、私は立ち止まってもう一度その終焉の風景を見ていたい。そしてエッセイのような日記のようなハッキリしない文章の詩を書く。フラッシュバックのように逆上る時の断面と、それぞれの時代の空間としての世界、その一瞬を詩を窓として垣間見る事が出来るか。

七年前、四八歳で亡くなった福岡の編集者久本三多の、出版によって九州近代史の闇を追っていた仕事。その鉱脈の欠片でも拾えればと思っている。

「記憶は弱者にあり」。昨年、福岡での最後の舞台で見た、マルセ太郎の芸と言葉を思い出しつつ。

あとがき

この十二年間の詩をまとめた初めての詩集です。

第一章〈流星雨につつまれて〉は、「9・11」以降の社会情勢と身近な出来事から感じたもの。第二章〈レインボーブリッジ〉では、一九九三年まで住んでいたバブル期の東京での点景。第三章〈時層〉は、一九九三年から二〇〇一年の間のもので、父の死と三池炭鉱の閉山をめぐる大牟田市での暮らしを、ドキュメンタリータッチで描きました。第四章〈煙突のある風景〉は、詩の原風景ということで「始まりの場所から詩へ」というテーマで書いたエッセイです。

詩を書きはじめた二十年前、最初に作品を読んでもらった菅原克己氏には「君の詩は観念的だ。恋愛詩を書きなさい。もっと希望を持ちなさい」などと言われました。その時は、言われている意味が良く判りませんでした。菅原さんが亡くなられて五年ほどたち『詩の鉛筆手帖』という、詩を好きな若い人たちに向けて書いた菅原さんのエッセイ集を読んでいて、アッこれだ、と思いました。切実な気持ちをどう伝えるか。「君、好きな人はいるかね。ラブレターを書いてごらん」とも言われたように思います。しかし、二十年たっても未だ作品は観念的になるし、希望も持てずにいます。

表紙の絵には亡き父の「星摘み」シリーズの作品を使いました。「流星雨につつまれて」の詩など、この詩集全体のイメージと重なって見えたからです。

詩集にまとめるにあたり石風社代表の福元満治氏にお世話になりました。深く感謝いたします。

初出一覧

流星雨につつまれて	2002年6月「新日本文学」
ヒロシマの柳	2001年10月「新・現代詩」2号
黄砂とイルカの行方	2002年1月「新・現代詩」3号
グラウンド・ゼロ	2002年3月4日「西日本新聞」
一心行の桜	2002年12月「新・現代詩」7号
猫の墓	2003年4月「新・現代詩」8号
太郎くん人形	2003年4月「新・現代詩」8号
９１１と１１９	2003年12月「新・現代詩」11号
川の影	1992年1月「ざ」5号
羽化の夏	1992年11月「ざ」8号
その点景	1991年7月「ざ」3号
空想のレプリカ	1991年10月「ざ」4号
だいこんの花	1992年7月「ざ」7号
レインボーブリッジ	1993年7月「労働者文学」33号
東京フロンティア	1992年4月「ざ」6号
消える町	1994年12月「新日本文学」
無人の観覧車	1995年12月「新日本文学」
時層	2000年2月「新日本文学詩集2000」
袋豆腐	2001年1月「新日本文学」
廃坑的身体	2000年5月「蟻塔」No.46
千里眼	1999年12月「新日本文学」
海鳴り	2001年12月「新日本文学」
煙突のある風景	2001年7月「新日本文学」

働　淳（はたらき　じゅん）

1959年、福岡県生まれ。

1979〜82年、「美学校」在籍。

1982年、「日本文学学校」入学。

「身体気象研究所」に通う。

1983〜86年、新日本文学会、編集部・事務局。

1990年、『水俣の海から』〈まんが「日本の産業」〉のシナリオを執筆（福武書店）。

1993年「労働者文学賞」詩部門佳作。

1994年「第25回新日本文学賞」佳作。

住所　福岡県大牟田市本町6-3-9　〒836-0046

詩集　流星雨につつまれて

二〇〇四年九月一日初版第一刷発行

著　者　働　淳
発行者　福元満治
発行所　石風社
福岡市中央区渡辺通二丁目三番二四号　〒810-0004
電話　〇九二（七一四）四八三八
ファクス　〇九二（七二五）三四四〇

印　刷　株式会社チューエツ
製　本　篠原製本株式会社